엄마 냄새

허림 시집

엄마 냄새

달아실 시선
16

달아실

일러두기

본문에서 하단의 〉는 '단락 공백 기호'로 다음 쪽에서 한 연이 새로 시작한다는 표시이다.

시인의 말

아주 오래전에
그대에게 듣고 싶었던 말이
'사랑해'
였는데

오늘
다시 물었다

'이젠 사랑하지 않아'

고맙다

함께 살면서
사랑하지 않는 우리는
얼마나 행복한가

2019년 봄
오막에서
허림

차례

엄마 냄새

2부 즐거운 오역

3부 엄마 냄새

4부 반가사유

1부

오막 저녁

지당 아래 오막으로 가는 길

내면은 궁벽하고 웅숭깊은 곳이어서

저녁이면 멧돼지 우는 소리가 들린다

밭은 화전, 비탈이어서

산마루 넘는 바람 발구 끌 듯 내달리고

지당 아래 집으로 가는 길

화전민 독가촌이 발가락처럼 자리하는데

굴뚝에는 군불 피는 연기가 모락거리고

잠투정하는 어린아이 달래느라

아낙네의 졸린 자장가 창호에 어린다

오막 마가리

계절이 돌아오면 땅이 움직인다
솔박새 떼가 몰려가고
새의 울음만 한 물소리가 들렸다
깨금나무 꽃이 빨갛게 핀다
무엇의 꿈인가
이월은 지루하게 지나가고
'왜?' 라는 붉은 문장이 생의 문을 연다

왜? 라는 문장의 이월
이월되지 않는 사랑

맨두추렴

콩낫가리에서 틱 톡 투둑 꼬투리 떼면 마답 펴 도리깨질 하고

반장은 집집마다 문자 넣고 가마솥에 불 넣어 설설 물을 끓인다

뒷버덩 유 씨가 내려와 집사람은 서울 가서 같이 못 왔다하고

골말 색소폰은 빨갛게 얼은 귀볼 감싸며 부강지 앞에 앉아 불을 쬔다

마당가 강아지는 목줄 닿는 데까지 기를 쓰고 서서 핵핵댄다

눈은 자주 내리고 마을의 안부처럼 동네 아낙들은 반장 집에 모여 맨두를 빚고

사내들은 언제 떡 메질해 수제비매운탕을 끓여먹

자고 또 날을 잡는다

오막살이 집 한 채

가끔 구름이 머물기도 하고
안개가 내리기도 하지
비가 오다가 진눈깨비가 내리다가
아침이면 눈이 한 길씩 쌓이기도 하지
얼굴 보러 왔다가 막차가 끊겨
함께 샌 날이 한두 번
꼭 두고 온 뭔가가 있는 것 같은데
왜 가냐고 묻는다면
뭐라고 말할까
한참 망설이다 고개를 넘는 구름처럼
마음에 담아 둔 거기,
내면

내면에 든다

삼 년 전쯤인가
카드 돌려막기로 한 달 한 달 근근이 살아내고 있을 때
그 밑돌 빼는 일마저 막히고 셋방 빼달라는 통첩을 들었을 때
내면에 사는 그에게
문자 넣은 적 있다

그 말이 옹이졌는지
내 창고 지으려는 터에 오막 지으면 들어와 살래나? 묻길래
물론이지 여부가 있나

그 후,
생의 오막에 드는 날이면
개똥벌레 날아
길이 환했다

월둔 마가리에서

내면 원당삼거리 옥봉식당 한구석에서 지네처럼 기어오는 저녁을 맞고 있습니다

가마솥에서 끓는 순댓국이 적당히 다려졌나 봅니다

방태산 자락 월둔 마가리에는

밤눈 밝은 짐승이 저녁거리를 찾아 어슬렁거리며 내려왔습니다

아내는 어린 것들을 품고 일찌감치 잠자리에 들었나 봅니다

오래전의 이야깁니다만 지금도 내면에선 일상입니다

봄의 낌새

앞강 물소리가 유독 맑다
햇살이 손닿지 않는 구석까지 들고
동박나무 꽃눈에 노란 실금이 갔다
— 대구엔 매화가 피었어요
꽃 비린내 알레르기 온몸에 번진다
구름꽃이 피고 꽃의 흔적이 선연하다
봄에 대한 저항이다
저항하지 않고 어찌 봄이 올까
새벽녘에 눈썹 위로 눈이 내렸다
눈 위에 맨발의 발자국이 선명하다
그와 마주친 적이 있을 거다
서로 바라보는 생의 경계라는 듯
막역하다는 사이와
농익었다는 경지를 넘어
너남 없이 모호해질 무렵
팽팽하던 얼음 녹는 앞강
물소리가 더 맑고
여기저기 꽃소문이 돈다

첩첩

내면이라는 곳은 내면일 뿐

광원이나 명지리 달둔 월둔 살둔 사월평 원당 일어서기 같은 이름들과
큰한이 작은한이 경천 문암 절에 가덕 같은 골짜기에도 바람은 불어오고

눈이 내렸다 하면 한 길씩 빠져
꺽지나 텡가리처럼 터살이 하는 곳

살다보면 대추나무 연실 걸 듯
서로 사는 집들이며 얼굴이며 말씨며 말투도 닮고
입맛까지 닮아가는 풍경 그 너머

유목민처럼 몰려다니는 안개가 산기슭마다 고여 일렁이는곳
아직도 권 대감의 전설이며 설화가
나무뿌리처럼 엉켜 있는
〉

내안의 생태적 꿈
너머 거기

서낭당

가칠봉과 구룡덕봉 산줄기가 넌출넌출 나즈막한 비알을 이루었다는 가덕 산발치 양지바른 버덩말 감빛 기와를 얹은 집에 노루처럼 뛴다는 길순이가 살고

그 언제냐 어린 두 딸과 함께 불을 모셨다는 절에 독가촌 한 번 건드리면 끝까지 좇아가서 쏜다는 땡삐 그런 승질머리를 가진 종복이가 살았다는데

끄무러지는 날이거나 눈 내리는 날이면 아홉 마리 용이 산다는 큰 고개 넘어 바닷가 어디쯤 연탄불에 앵미리나 도루묵을 굽고 또 가리비 백합 바지락을 석쇠에 구워 떡떡 다문 입 벌리는 조갯살 쫄깃쫄깃 씹으며 늦은 밤 다시 아홉 마리 용이 사는 고개를 넘어왔다는데

길든 짧든 정분 나누었던 애인들이 보고 싶어지면 누가 먼저랄 것도 없이 돌맹이 하나씩 주워 서낭당 돌무지에 얹어놓으며 행복하게 잘 살라고 빌었다는데

〉

실은 뭐라도 빌어야만 보내준다는 지당고개 권 대감 얘기를 형들한테 들었을 뿐인데

서낭당 돌무지가 사라진 상게도 돌 하나 마음속 얹어놓고 온다

가덕

양지 바른 비알 불 놓아 밭 일궜다는 가덕
뒷버덩에는 길순이 헌주 춘하
버덩말에는 석만이 기찬이 장수
개울 건너 섬터에는 영만이 옥자
지당을 사이에 두고
뒷버덩 버덩말 마실을 다니던 때
겨울저녁에는 길순이네 골방 군불 뜨듯하게 넣고
월남뽕을 쳐 닭서리 하던 밤이 있고
골말 윤 씨네 꿈자리 뒤숭숭하다며 고사 지내던 저녁이 있고
떡 농과 먹던 외롭지 않았던 날들
어렵지 않게 다 기억해내는 가덕

눈이 펑펑 내려
희고 환한 적막에 갇힌 짐승들 우는 마을이 있다

외등이 있는 오막 어귀

눈은 또 내리고
와이파이도 인터넷도 닿지 않는 골말
오막 어귀에 외등을 켜면
어둠 닮은 짐승들 울음 뚝 그친다
가끔씩 개울 건너
살둔이나 광원 원당으로 가는 불빛 번득이는데
돌아누우면 절벽
누구는 살 곳이 아니라 하는데
나는 절벽이나 바라보며
소탈하게 살 곳으로 일찌감치 돌아눕는다
가끔씩 윤하가 김치국수를 말아놓거나
홍백이가 청국을 끓여놓고 불러내
혼자라는 말이 외롭거나 쓸쓸하지 않은
절벽도 이내 버덩처럼 환해진다
내안으로 잠행하는 내가 보인다

오막 저녁

세상, 편한 구석은 어디지
있나 없나 혼자 생각하는 동안
시간은 정확히 흘러갔네

잘했다고 한 일도 돌아보니 엉망이네
눈코입귀 다 달고 서툴기만 했네

다 알 것 같던 기억들 가물거리네
늘 보는 나도 모르겠네
낯설지 않은 나는 어디 있나

늙은 노새만 오막 가는 길을 기억하네

먼 줄 알면서도 정말 멀다는 오막
낯설게 문이 열리네

2부

즐거운 오역

봄눈

춥고 궁벽한 곳으로
구름이 몰려오네

새 떼 불러들이는 저녁이네

에이고 시린 바람이 문틈으로 숨어드네
춥고 궁벽한 곳으로

망명한 새들이 눈발처럼 순해지네

불길이 들지 않아
생솔가지 타는 냄새와 연기에 눈이 매웠네

괜한 눈물이 났네

눈물은 봄눈처럼 무거웠네

독백

길들이 캄캄하게 말을 거는 저물 무렵이다

서쪽 별빛 아래서 짧은 편지 쓰다가

길에서 만난 우리는 너무 행복하였거나

고독하였거나

별이 지는 서쪽

길의 독백이 눈부시다

별들이 캄캄하게 말을 거는 저녁

바람이 짐승처럼 울고 간다

끝내 도달하지 않는 길이 캄캄하다

살둔

살둔 가는 마을버스
아기가 울자
젊은 새댁이 돌라앉아
우는 입에게 젖을 물린다
들에는
꽃다지
노란 입들이
오물오물
햇살 빨아 당긴다

즐거운 오역

오늘은 들어가지 말아 줬음 해
네 시 사 십 칠 분에 받은 문자
움직이는 말이 다섯 개씩이나 이어지는 문자
'줬음'이 맘을 잡네. 이유 없이
더군다나 들어가지 말라는 것도 아니고 말았으면 도 아닌
말아 줬음 한다는, 그렇게 나는
이유 없이 망설이며 맘 설렌다
구름처럼 노을처럼 서로 애절하게 물드는
연봉다리를 건너갔다
남산다리를 건너오며
산마루에 걸린 저녁 해와
미끄러지면서도 얼음 위로 애절애절 올라서려는
흰빰검둥오리를 바라보다
여섯 시 사 십 팔 분
오막에 들며 별 하나 띄운다
오늘은 오막에 들어와 줬음 해

그대도 오역하기를

오막에서 하룻밤

능구렁이가 꿈을 몰고 왔다
잠든 머리맡에 한마당 펼쳐놓고 나를 불러냈다
한 번은 나무를 타고 하늘로 오르다가
오줌이 마려워 떨어지기도 했고
한 번은 아버지가 나를 자꾸 불러
문을 열고 나갔다가 깼다
그 꿈은 아직도 생생하다
어둠의 틈새로 스민 듯 연탄가스에
죽어가는 나를 살린 꿈
거품 물고 눈자위가 돌아간 내 입에
동치미를 흘려 넣으며
조금씩 제정신으로 돌아오는 아침
밤은 수많은 나라의 흥망성세를 보여주고
아침이면 환하게 다 사라졌다
어둠을 배경으로 눈을 뜬다
수천의 등불이 어둠을 밟고 일어선다
날마다 나를 넘어뜨리던 거인도
꼭 이루고 싶은 사랑도
밤을 끌어당겨 꿈꾸게 한다

봄이 올 무렵

겨울에는 일이 없다고
대처로 막일 하러 간 사람들이 돌아올 때가 되면
강은 근육질의 얼음을 푼다
그 무렵이면 동네 사람들은
산으로 들어 고로쇠수액을 받거나
둠벙에 얼음 깨고 얼음사리 하는데
족대에 걸려든 고기의 눈빛 보고
올 농사 점을 치기도 한다
점이란 어쩌다 맞거나 틀릴 수 있는 일이건만
고기의 눈빛에 어린 점괘를 뽑아
어탕을 끓여 시린 속을 푼다
누구도 알지 못하는 시간 궁금해지는 나이가 되면
점괘가 보고 싶은 것
산그늘에 쌓인 눈이 녹아 덧물 져 밀려가고
삼월 하순 폭설이 하루쯤 발목을 잡는다 해도
봄이 오는 길목
창촌 별다방 정 마담은 노란 치마를 입고
아지랑이 커피를 내릴 것이다

겨울밤

한낮 오소리 어슬렁거리는 마을에서는

한 데 나댕기는 사람 볼 수 없는데

저녁답 굴뚝마다 여우꼬리 같은 연기가 마을을 휘감고

또 비지장 끓는 냄새와 청국장 끓는 냄새도 담장 휘돌아 가는데

마을 어슬렁거리던 오소리는 더욱 극성부리며

퀴퀴한 수채구녕을 쑤시는 것인데

그러다가 문간에 묶인 개가 짖기 시작하면

개밥바라기별이 뜰 때까지 마을은 컹컹 울렁거리는데도

〉

동상들은 화리에 묻은 고구마가 노릇노릇 익었을 거라고

화리준두가리를 치거나 먹다 남은 식은 밥에 청국장을 비벼 밤참 먹는 것인데

그 옛날 같은 허구헌 날이 절에나 가덕에서는 시방도 즐겁고 호젓하기만 하다

지당고개

서너 아름드리 소나무가 서 있는 지당을 지날 때면
뭔가 뒤를 잡아댕기는 것만 같다
아무 생각 없이 지당이 가까워지면
동네 할아부지나 성들이 들려줬던 옛날얘기가
실지로 내게 닥쳐올 것만 같아 마구 내달린다
일 년에 두 번씩 제를 올렸는데
그때는 동네 애들과 떡이며 사과 감 사탕을 얻어먹었다
그리고 또 갓을 쓰고 흰 두루마기를 입은 할아버지가 긴 수염을 쓸어내리며
아이들에게 숙냉 마시면 무서움 타지 않는다고
한 모금씩 멕이던 일도 생각났다
누가 다녀갔는지 아름드리 소나무 아래에는 포며 사탕이 놓여 있고
또 붉은 팥시루떡도 한 접시 놓여 있다
빼꼼히 열린 지당 안을 디려다보니
어둡고 서늘한 그림자 어룽대는 것 같아 얼른 닫고 지나쳤다
여직 그 무섬이 있는 걸 보면 더 커야 하나보다 하

지만
　저 무섬 때문에 나를 돌아보기도 한다
　오늘은 별별 일들이 생각난 듯 밤하늘이 더 환하다
　밤하늘이 환할 때 누가 오면 덜 무섭지만
　험한 세상을 살면서
　금줄 매고 소지 올리며 빌어야 할 일들과
　가장 귀하고 사랑해야 할 것들과 슬퍼해야 할 일들
모두
　가슴에 두고두고 새겨보는 것이다

안부

언젠가 내면으로 들어가는 그대를 물끄러미 바라본 적 있다

아부지한테 매 맞고 나와 서쪽 하늘 물끄러미 바라보던 날은 비가 내렸던가

하루 품삯 받아들고
내일은 누가 불러주려나 망연히 강물을 바라보는데

누가 그 곡진한 모습을 봤는지
노을강 바라보는 폼이 시인 포스네 라며 문자 보내왔다

그 문자 물끄러미 바라보다

시인은 무슨
개뿔

구절초가 한쪽으로 휘청인다
〉

내면으로 간
그대는 안녕하지

숭늉

적설의 무게가 고요하고 희고 부시고 환한 것을

눈도 크게 뜨지 못하고 옆착에 손을 넣고 가래알을 주물럭거리며 돌처럼 딱딱한 황율 우물거리며 괜한 우체부 기다리는 것인데

까마득한 한 소식도 올 것만 같다

잘 듣지 못하는 어머이는 또 딴소리 하고 나는 물에 밥을 말아 들기름에 깨보셍이에 짭짤하게 볶은 무장아찌를 얹어 한끼 때운다

이 한끼 속에는 여인의 희고 보드라운 살 냄새가 난다

송금지추

마당가 한구석에 황댓불 피면 웅시래집 말무덤집 밭가운데집 상도도 기표 엄마도 신 서방네 손주도 반장도 이장도 모태 은박지에 고구마를 싸서 묻었다

뒷골 영섭이는 가마솥을 건 화덕에 장작을 밀어 넣고 막장을 풀고 시레기와 마늘 동파를 썰어 넣고 오소리감투며 염통 창지 허파 간 불알 콩팥을 푹 삶는다

간은 삶아진 대로 썰어 왕소금 찍어 한 절음씩 집어먹고 장봉이 아재와 시훈이 아재 태영이 조카는 불알을 구어 막걸리에 거나해져 한 얘기를 하고 또 한다

실컷 먹고 볼 일. 저녁 늦게까지 먹고도 한 그럭씩 퍼담아 집으로 가고 황댓불도 사그러지면 기름 냄새 맡은 고내이하고 개들이 먹다 흘린 고기절음이나 뼉다구를 놓고 으르렁댔다

어둡도록 모두가 다 배부르고 다 취했다

만두

겨울 하루 한낮이 가고 나면 발걸음이 조금 빨라지며 광문을 열어보다가 무구뎅이에서 복령꼬쟁이로 무를 꺼낸다 어둠에서 길을 찾느라 더듬은 무순이 노랗다 얼음처럼 시린 물에 씻어 채를 썰어 삶는다

밀가루 한 바가지 반죽하고 홍두깨로 감았다 밀어 넓게 두루반에 펴면 곁에 앉아 주전자뚜껑으로 만두피를 찍어낸다

삶은 무 베보자기에 꼭 짜고 척척 시어빠진 묵은지 다져 넣고 맨두를 빚는다 둥그런 만두피 두 입술 맞대 꾹꾹 눌러 붙인다 첫사랑 어린 색시가 이러시면 안 돼요 돼요 수줍어하던 입술만 발그레지고

노을도 다 사그라지면 두루반에 둘러앉아 저녁을 먹었다 겨울 긴 하루가 갔다

백야

가도 가도
더 가야 할 길이 있고

해도 해도
더 해야 할 사랑이 있는데

닭이 울고 개밥바라기별이 떠서 하루가 갔던 날이
내 하루 삶의 전부이기도 했는데

밤이 와서
어두워지지 않는 밤이 와서
그대를 기다리는 나만 어두워지는 것인데

낮잠 속으로 든 나비 한 마리
이마에 앉았다가 날아간 산 너머
뻐꾸기 흘리고 간 메아리
그제야 온다

3부

엄마 냄새

만월

물은 흘러가서도 물이고

바람은 불어가도 바람이지

오랜만에 만나도 과꽃은 과꽃이고

그대는 어린애인

곰곰이 뜯어보니

참 못났다

못나서

참 이쁘다

고독을 꺼내다

나 하나 숨을 곳을 주세요
숨바꼭질할 때 꽁꽁 숨었던 캄캄하고 아늑한 곳을 주세요
쟁기며 부러진 낫이며 뭉그러진 호미 부러진 지게나 넉가래
온갖 자질구레한 잡동사니 모아둔 퀴퀴하고 곰팡내 나는 곳
버리긴 아깝고 고쳐서 한 번 더 쓸까 휙 던져둔 곳
인연들이 거미줄처럼 걸린 외양간 옆데이
어린 시절 아부지 주머니에서 동전을 훔쳤다가
집에 들어가지 못하고 숨어서 밤새웠던 곳
나묵아 나묵아 부르던 소리와
발소리 생생하게 들리던 곳
얼기설기 엮은 바람벽 틈새로
달빛이 유난히 따스하던 곳
결국 내 스스로 문을 열고 나와
용서를 빌던 날. 그 후
헛간은 더 이상 나를 숨겨주지 못하고
나도 헛간에 숨지 않았는데
내 고독을 숨겨둘 헛간을 주세요

슬픔을 들키다

뒷버덩 길은 산비탈
지당 돌아 솔보대기 지나
들깨밭 가는 여름 내내
가늘고 긴 울음
찔렁나무꽃내 나는 새야
붉은 나뭇잎 다 지고서야
애옥한 집구석
주먹만 한 눈물 묻어나던
오구탕치던 울음
비어 있다
적막이란 빈집이다
달빛이거나
거울 속 뒷모습 같은
말은 마디마디 끊기고
결국 날개 버리고서야
이승을 날아갔다

어떻게 그렇게 잘 죽었대
〉

간신히 안부를 들었다

나무에 귀 기울이다

나는 세상의 어떤 책도 읽지 않았다

세상에 맡겨놓았을 뿐

비와 바람과 눈과 안개와 햇살과 달빛과 별빛과 작은 벌레와 새와 땅속의 두더쥐와 개구리와 뱀과 피고 지던 풀꽃과 이름 알지 못하는 모든 것들의

슬픔은 길기도 하더라

들어도 끝이 없더라

엄마 냄새

그믐밤이었나 보다
길은 더 어둡고 어두워서
벌레 소리만 선명하게 들려오는 서석 낯선 마을을
지날 때였다

어느 집 창호에 얼비치는 어린 울음 따라
느리고
낮게
속삭이는

자장 자장 자장 자장
우지마라 우리 아가

오, 얼마만이냐
내 몸속에 잠긴 답답한 울음을 끌고 가는
엄마 냄새

가을
먼 길

눈썹

잠든 아내의 얼굴을 들여다보며
입은 작고 코는 뭉툭하고 눈은 개구리눈을 한
마흔의 한 여인을 바라보며
콧대 세우겠다고
쌍꺼풀 하겠다고
양악을 깎겠다고
한 번도 졸라댄 적 없는
서른의 여자를 돌아보며
이리도 못났을까
이쁜 구석을 찾아보는데
꿈꾸듯 감실대는 눈꺼풀 위
긴 속눈썹
모래바람 뚫고
무덤덤하게 갈 길을 가는 낙타의 후생 같은
이리도 못난
이쁜 아내 잠든 얼굴

아련

사랑은 꽃 속에 두고 가는 것이어서

꽃이 나비를 보내듯

자작나무 아침을 맞이하듯

언제나 네 숨결 같아서

푸른 그늘 아래서나

붉은 저녁노을 앞에서나

내 안에 햇살 같은 것이어서

멀리 가도

눈 감으면 환하게 보이는 사랑은

무어라는 것

무어라도 돼라
그게 엄마의 좌우명이었다
콩나물 키워 열두 가지 반찬 만들고
아구든 아귀든 강냉이든 옥씨기든 올갱이든 고디든
먹도록 만들어 상 위에 올리는 것
그게 엄마가 할 줄 아는 전부였다
노상 소핵교만 졸업했어도
무엇이든 됐을 거라는 말
게우 소핵교 이학년도 다니다 말고
부엌떼기로 들어섰다가
위안부 소녀들 공출해 간다고
한동안 도광동에 숨어 살면서도
콧구멍이 새까맣도록 고골에 불을 피워 상을 차렸다는
그 먼 날들을 들려주며 뭐든 돼라 했는데
돌아보니 온 길도 없고
내다보니 갈 길도 아물거려
주저앉고 말았다
시인은 되는 게 아니라고

엄마는 말할 뻔했는데
뭣 땜에 그랬는지
엄마가 간 하늘이 붉은 것을 보니
엄마도 생각이 참 많았겠단 생각이 들었다

풍경이 지워졌다

우리집을 찾아올 때 이 돌배나무를 기억해
큰길에서도 다 보이니 금방 찾을 거야 알았재
알았어유 내를 키운 게 이 낭군데 왜 못 알보것시유
덥디 덥던 여름날 내게 그늘을 펴주고 책 읽어주었자녀유
아부지도 덥다구 슬그머니 나가 평상 그늘에 누볐구유
허구헌 날 애만 만들었다구 엄마한테 대들던
큰누나 짜증도 다 들어주던 낭군데
걱정마셔유 증말

나무가 쓰러졌다 포크레인 소리에 숨죽이고 숨었던 새들은 놀라 날아가고 결코 쓰러질 것 같지 않던 돌배나무는 휘청휘청 중심을 놓고 넘어졌다 버팅기던 뿌럭지도 뽑아들기 한판으로 나뒹굴었다 눈알이 빠진 땅 휑한 동공 그림자가 누웠다

나는 뿌리가 이토록 격정적일 줄 몰랐다
뿌리의 생장점마다 눈물이 났다

우리집 좁은 방바닥 밑에 또아리를 튼 뿌리는 끝까지 끌려나오지 않았다
낡고 금간 시멘트벽이 넘어지고 철근들이 곳곳에서 파헤쳐질 때
먹구렁이가 도망가고 오랫동안 누워 이쪽을 바라보던 돌배나무
뚝뚝 몇 토막으로 잘려 큰길로 사라졌다

돌배나무 그늘 아래 펼쳤던 평상이 나무 잎새 두드리던 빗소리가 문내 풍기던 돌배
꼭 우리집 찾아올 때 꼭 기억하라던 정표가 사라졌다

내 삶의 중력도 나무의 마지막 비명에 쓰러지고 그 위로
포크레인 바퀴 자국 선명하게 찍혀 있었다

김을 매다가 호미 자루가 빠졌다

뿌리가 깊었든가 돌에 걸렸을 거라 생각했다

그대 생각에 마음 한구석이 휑하였다

밭 두럭에 씨앗을 넣을 때도 호미 자루 되박는 일이 잦아졌다

마음이 돌아난 자리마다 풀이 무성했다

고랑에선 고라니가 새끼를 쳐 갔고

희고 붉은 꽃들이 읽어낸 그림자가 누워 있었다

바람이 불자 마른 꽃씨가 날았다

서로 가야 할 또 다른 세계는 어딜까

한 몸을 이루었지만 늘 겉돌았다

〉

별 도리 없는, 헐거워진 생의 안부를 묻는

먼 곳의 전화는 뜸했고 눈이 자주 내렸다

먼 길까지 마중 삼아 눈길을 냈다

바닷가에서 보낸 세 번째 봄날

그 영화의 끝은 보지 않았다
밖에는 벚꽃이 하르르 날리던 저물녘이었고
신발을 들고 걷던 바닷가 모래톱 언저리에
조개껍질이 가지런히 쌓이던 무렵이었다
산책 나온 개가 영화의 발단처럼 저녁 해를 바라보며
해바라기하는 갈매기를 향해 달리고
일제히 날아오르는 날갯짓 소리와 울음소리와 파도소리가
봄의 향연으로 울려 퍼지던 날이었다
보고 싶어도 앞으로는 혼자 삭이도록 하세요
독백처럼 읊조리는 파도의 끝자락
모래톱 발자국을 지우며 사라지는
또 다른 갈등을 암시하는 장면에서
영화는 또 끝나거나 시작될 수도 있지
끝을 보겠다는 것은 비극이다
또 시작한다는 것은 비애다
독백 혹은 잔영만이 남은
생의 끝점에는 슬픔의 감각들이 조밀하게 엉켜 우글

거리고
울음이나 과시하려는 개구리들의 서식지 같은 봄날 저녁
한 촉 밀어올린 난을 들고 와
분갈이를 하면서 속삭이던 날이었다
밖에는 벚꽃이 하르르하르르 날리고
그 영화의 끝이 궁금하지도 아쉽지도 않았다
여느 봄날 저녁처럼 파도 소리가 들려왔다

부화

돌 속에 든 이름을 꺼낸다
돌은 멍청하게 제 이름을 알지 못한다
얼마나 낯설까
이름 다시 내안에 들 때까지
그대의 마음속에 자리 잡을 때까지
수천수만 번 불러본다
노일강에서 주운 주먹만 한 돌
오른쪽을 내어주고 왼쪽도 내어주며
먼 강을 흘러와
모난 구석을 지운 돌
고뇌가 지나간 시간과
부대끼며 깨진 상처의 안쪽에는
숨기고 싶었던 내밀한 저간의 이야기가 있겠다
캄캄한 내면 가덕길
독가촌을 지나 지당께 오막에 들면서
하나씩 하나씩 불러낸 저녁별이 등을 내건다
내가 부른 이름 끝자락을 잡고
돌이 스스로 돌의 이면을 드러낸다
세상 어디에도 없는

돌 하나가 막 부화한다

신발

사랑방 문턱은 내 이마에 난 혹을 기억하겠지
바람벽 묵 낫은 내 왼손 검지가락 상처를 물고 있겠다
외양간 뒤 작두는 여물 썰다 싹둑 벤 오른손 검지 손톱을 먹었지
찬장 안쪽 뭉툭한 숟가락은 여름날 감자를 까먹었고
바깥 잿간 세발자전거는 내 걸음을 싣고 주논고개를 달렸는데
그 길은 어디로 이어졌는지
녹슬고 이빨 빠져 문드러진 날들이 매달렸다
엿장수 가위 소리에 찾던 헛간이나 광속의 고물처럼
서로 닮은 얼굴들이 정겹고 징글징글한데
거미줄 깊은 상처를 감싸고
쥐들이 이빨을 다듬던 어둡고 익숙한 적막뿐
마냥 눈을 감고 또 나는 무슨 일로 그리할까
한 번 지나가 돌아오지 않는 바람이
그 신발에 발을 넣는다

산안개

슬픔이 많아서 눈물 많다 했더니
슬픔도 재산이라 잘 거두라 한다

재산이 늘어 눈물 더 무거워지겠다 했더니
함부로 흘리지 말라 한다

나오려던 눈물
먼 산 어딘가에 감췄다

달의 기억

음력은 생일이나 제사를 기억하거나
설이나 추석을 조바심 나게 기다리게 하는 것이다
나는 자꾸만 잊어버려 가끔 어둔 밤 달을 찾는다
달 속 엄마는 쇠락하였구나
소핵교 이학년이 학력의 전부인 엄마가
오늘이 음력 며칠이냐 묻는다
나는 달력의 일진과 음력 며칠이라고
달처럼 귀먹은 엄마한데 큰 소리로 천천히 들려준다
그래 그렇게 됐구나
달이 반달쯤 됐을 거다 이맘때지
달 속 엄마는 여직 앞치마 하고 방아 찧는다
끝날 거 같지 않던 날도 죽으니 다 가더라
더디 가더라도 가는 게 날이라고
달처럼 세상의 모든 날이 기억하는
엄마의 날들을 내가 묻는다
오늘이 음력 며칠이냐
혼자 묻고 밖으로 나가 하늘의 달을 본다
그래 오늘이 음력 초닷새쯤 됐겠다
모래쯤 술밥을 쩌야겠구나

4부

반가사유

강원

강원을 떠나 잠시 경기에 산 적 있다.
몇몇 애인들을 만나기도 했는데 한결같이 “강원이 고향이세요” 묻곤 했다.

경기에 그렇게 살았는데도 경기는 없고
강원이 내안에 있다니

그 옛날 강원은 눈이 자주 내렸고 어둠은 일찍 오고
그 여름 우기의 밤은 캄캄했고 집도 떠내려갔는데

강원은 뭐길래
몸속에
말속에
광솔처럼 깊은 것이냐

묵호 계구석

저녁 물이 들 무렵이면
묵호 계구석에도 들 것들은 다 든다

제일 먼저 노을이 들고
평상에 모기장 치고
온 식구 둘러앉아 수박을 먹는다

수박씨처럼 박힌
묵호 계구석
게처럼 숨어 살기 좋은 곳

그것도 뭐 볼 게 있다고
추억처럼 한 번쯤 다녀들 가는데

그 계구석이랄까
지금도 기다린다는
능소화

밤새 불 밝혀 피고 있다

북어

오래 묵으면 묵을수록 단단해지는 생이 있다

오래 묵을수록 장작개비처럼 썩지 않는 말이 있다

광 바람벽에 걸어둔 북어

할 말 많아 아직도 입 다물지 못하는

당신, 그 속에 걸어둔 말들

말도 쌓이면 돌처럼 단단해지는 것인데

얹힌 듯 답답하다는 말이 그럴 것이고

죽이라느니 지긋지긋하다느니

광 바람벽에 걸어둔 북어를

퍽퍽 두들겨 팼다

〉

날은 자주 흐렸지만 눈은 오지 않는 섣달 겨울이었다

그 시절 어느 날

그 시절 최 시인이 면서기로 근무할 때였다고 한다
어느 날 노 작가가 시 한 구절이 맘에 들어 술 한 잔할 겸 신남에 갔댄다
노 작가는 면사무실 문 열고 들어서서 최 시인을 만나러 왔다 하니
우리 사무실에는 시인이 없다더란다 그때 말단 직원이
"최 서기가 최 시인 같다"며 오전에 화전 정리 나갔다고 하더란다
그 길로 돌아서 뚝방 아래 돌담 집 마당에서 혼자 술판을 벌이는데
오함마를 끌고 시벌대며 최 시인이 들어오더란다
그 풍경을 두고 노 작가는 구렁에서 나온 새끼라 했고
최 시인은 마당 한가득 술병을 세워두고 매대기질을 치는 시정잡배라 하면서
돌담 너머로 노을이 지든 말든
관솔불 피워 눈알 맵도록
울다 웃다 주거니 받거니 날 샜다는데
〉

아마 그 길로 최 시인은 면서기 때려치우고 선생이 됐다지

난티나무 국시

뭔 얘기하다가
불쑥 막국수가 튀어 나왔다

요즘 막국수는 국씨두 아녀 너무 질겨
원래 막국수는 시메가리가 읎어 그냥 툭툭 끊기거든
그래두 그 맛이지
거무튀튀한 게 맹숭맹숭하다구
중매로 살 맞댄 정이랄까
읎어서 못 먹었지
지금처럼 맛으로 먹진 않았다구
근데 말야
어디서 좀 쫀득거리는 막국수를 읃어 먹었나봐
기가 막히더라나
맛도 색도 다르지
알켜주기 싫다는 걸 막걸리 사멕여 가며 배웠다더라
근데 듣고 보니 별거 아니더래
당장 산에 올라 낭구를 찾는데 쌨더라는 거야
그걸 속껍질을 베껴 말려 갈구를 내 해먹었더니
좀 텁텁한 게 먹을 만한데 그 맛이 아니더래

담에 만나면 그 낭구가 으찌 생겼는지 알아 꼭 해먹겠다는 게

하마 사십 년, 꼭 하룻밤 자고 간 풋정 같지

난치낭구 국씨 말여

눈물의 무게

눈물이 말라버리면 눈에 보이는 게 없다
눈물 마를 기미가 보이면 눈물이 무겁다고 한다
눈물선 위로 흐르는
눈물 한 방울 길어 올리는 힘은
피처럼 뜨겁다
함부로 눈물을 보이지 마라
눈물 무게를 함부로 말하지 마라
개잡부로 불려다니며
고질병처럼 뻐근한 손마디며 손목이며 팔꿈치며
어깨 무릎 절름거리는 생
눈물은 나를 기억한다
눈물은 오직 나를 위로할 뿐
그마저 다 말려버리고
비로소 내가 보일 때
눈물은 경계석보다 무겁다

슬픔이 다 사라지면 또 슬퍼진다

나무가 되어야 했어 분명한 계절을 알아야 했어 꽃을 보려거든 겨울을 견디는 법을 익혔어야 했어

한 생 후에 다시 생이 주어진다면 뿌리부터 땅속에 박는 도토리가 좋겠어 생명에 집착하는 나무일 때가 좋아 꼭 배워서 아는 건 아닐 거야 설령 배웠다면 무엇이 되려고 바동거렸을 거야 꽃으로도 살려고 냄새도 풍겼겠지

세상은 누구도 상수리나무꽃을 화병에 꽂지는 않아 꽃은 상상이 아니지 운다고 꽃이 피지는 않아 다음 생을 사람이냐 나무냐 선택하라면 도토리나무로 살아갔으면 좋겠어 다른 뜻은 없어

그냥
도토리나무로 살아보고 싶은 거야 그럴 때가 있잖아

줄

줄 하나가 내려오고 있다
이십오 층 아파트 옥상에 걸린 밧줄
바람 불어가는 쪽으로 밀렸다가
이내 불어오는 쪽으로 밀려간다
줄에 내가 앉아 있다
그네를 타듯 벽면을 다듬고
페인트를 칠하고 유리를 닦는다
집을 짓는다
줄이 내 몸이다 받아들이기까지
오억 만 번도 더 오줌을 지리며 질려 발발 떨었다
줄은 늘 불안하지만
줄은 내가 안도하는 삶의 방식
나는 줄을 타고 노래를 한다
줄을 타고 연애를 생각한다
그림을 그리고 꿈을 꾼다
줄 잘못 서서 벌 받던 시절도 있었다
줄 잘 서서 밥을 먹은 적도 있었다
줄을 대려고 돈을 걸거나 목숨을 건 적도 있었다
그 줄에 악착같이 매달려

사랑한다 속삭이던 날도 있었다
동백이 지고 목련이 피고
벚꽃이 지고 이팝꽃 피는 사월이었다
우리가 같이할 수 있었던 게
섹스밖에 없었다는 문장을 읽던 날이었다
그나마 다행이 아닐까
줄을 타고 내려와
이십오 층 아파트 그늘로 들어간다
줄이 팽팽했던 긴장을 풀고
바람에 몸을 맡긴다

가을밤은 너무 폭력적이네

단풍이 지고
저녁놀이 어스름으로 짙어지는 가을 오두막으로 가는 중이었네
조만간 저녁이나 하자는 문자를 받고
망설이며 문을 열다가 우편함에 꽂힌 편지 한 통을 보았네
벌레 먹은 갈잎이었네
동그랗게 어둠이 배어 있었네
나는 아무 뜻 없이 꺼냈네
꺼내기 전에 좀 더 나뭇잎에 대해 생각했어야 했네
마른 햇살 냄새도 맡지 말아야 했네
인연이라 여기지 말고,
저 생의 생리적인 것이라고
다 저런 과정을 지나는 것이라고
상투적으로 읽어야 했네
우정 하찮고 뜻 없이 읽었어야 했네
낯설게 그대의 말투로 읽으려 한 게 잘못이었네
그냥 사랑하며 사는 일을 꿈꾸어야 했네
한 장의 나뭇잎을 있는 그대로 바라보아야 했네

내가 읽은 문장은 마른 갈잎일 뿐이라고 썼어야 했네
어떤 마음도 주지 말았어야 했네
누구도 저 나뭇잎이 어디서 와 어디로 가는지 모르네
그 생의 처음이 거기였을까
만약 거기였다면 거기서 무엇을 또 꿈꾸었을까
세상은 꿈을 꾸라 하네만
내 꿈꿔왔던 세상이 이젠 무서워지네
여정처럼 머문 낙엽의 문장을 있는 그대로 읽어야 했네
뻔한 생의 성찰이나 반성은커녕
아무런 감상도 없이
저녁 뉴스를 보다가 연속극을 보다가 잠들었어야 했네
저녁이나 하자는 문자를 까맣게 잊어버리듯이
가을밤은 너무 폭력적이네

잃어버린 것은 그냥 잊어버린다

하늘이 맑아지며
우산을 잃어버린다

길가의 나무들 물기를 털고
장마당 좌판 바구니에 담긴 사과가 유난히 반짝일 때
환하게 잃어버린다

내게 사랑해 속삭이던 너를 잃어버린다

봄날 함께 걷던 둑방길의 꽃들을 잃어버리고 딸기 따며 찔렸던 상채기와 사랑했던 날들 돌아서면 잃어버리고 사랑했던 아픔만큼 오래 머물러주지 않아 잃어버리기로 한다

사랑이 아닌 것에 마음을 두었던
우울한 날들이여

강물처럼 나도 흘러가 모난 구석을 다 지운
말간 너를 만날지 모르지만

하늘이 맑아지며
잃어버린 우산이 돌아올까

잃어버린 것은 그냥 잊어버린다

말귀

꽃씨 하나
화석에서 발견되었단다
빙하를 견뎌냈단다
사억 오천만 년 전
바람과 하늘과 흙과 햇살도 함께 발굴되었단다

그게 너란다

둥근 울음의 무늬

느릅나무 가지에 새가 앉아 운다
잔뜩 웅크린 바람의 갈피에 울음을 섞는다
멀리 가는 바람이 울음소리를 낸다
느릅나무라고 귀가 없을까
나뭇가지에 새가 앉은 순간부터
나무는 전율한다
무엇일까
깃털 사이사이 묻어둔 이야기
울음으로 다 토해내면
어떤 울음은 몸속에 들어 둥근 파동의 무늬가 된다
어떤 울음은 나무의 비린내가 된다

유배지를 찾다

눈이 오지 않는 겨울이 불온해지네
아무데나 자꾸 주저앉고 싶어지네
불가에 쪼그리고 앉아 졸음을 부르네
베개를 끌어다 목덜미에 괴고
이불을 끌어당겨 덮으려 하네
겨울이 불안해지네
날품 받아주는 데도 없고
가뭄은 깊어지네
안주할 곳을 찾는 나를 자꾸 보네
몸이 기울어지는 만큼 생각도 기울어지네
말에 자꾸 장난기가 섞이고
말의 자세가 흐트러지네
진실을 비껴가는 말이 많아지네
눈은 아니 오고 말이 쌓이네
겨울이 무섭네
고생했다고 쉬어야 한다고
자리를 펴는 겨울
이제 나를 위로하라는 겨울이
정말 소름끼치도록 무섭네

하는 척만 하다 보낸 날들이 미안해지네
납매꽃이 피었다는 기별을 듣고도
아무런 감흥이 일지 않네
그런 나를 유배하고 싶네
어디든 밤새도록 가닿고 싶네

반가사유

온전히 등을 내준 거북이
등 위에서 벌어지는 일들이 생이라는 듯
그냥 내버려두고 먼 창밖을 바라본다
검은 돌 흰 돌의 갈등은 깊어지고
사활의 경계를 넘어
이젠 노래로 듣고 흘린다
한 판으로 끝날 일인가
다 쓸어 담았다가 복기의 시간을 따라가면
거북은 한 그루 나무로 서 있다
비바람이 몰아치고
쌓인 눈에 상처가 깊어질 때마다
한 소절 한 소절
둥글게 깊어지는 울음
구름을 오래 바라보는 일
세상은 얼마나 깊은 수렁인가
먼 길을 가는 거북이처럼
느려도 다 가닿는 사랑이 있다면
온전히 등을 내주어도
생이란 얼마나 따듯한가

나 둘 차례인가
저 돌은 어쩌자고 저기 놓인 걸까

시는 엄마다

시인은 엄마 앞에서 아이가 된다

엄마는 시인에게
시보다 더 따듯한 젖을 물린다

그 젖을 여태 기억하는 것

시에서 젖내가 나야 한다

엄마가 돌아가시자
그는 쓸 글이 없다고 했다

해설

내면 – 시의 유목적 상상력이 잉태되는 곳

우대식(시인)

강원도 사내의 순정을 오롯이 간직한 이가 허림 시인이다. 더러 강원도의 바닷가에서 혹은 홍천의 누막에서 술을 나눈 적이 있지만 술을 탐하는 성정이 아닌 탓에 끝내 술에 취한 어불성설의 패설은 이쪽의 몫이었을 것이다. 그러면서도 그의 시에 곧잘 술이 등장하는 것은 그 또한 술의 어느 한 본질을 사랑하고 있음을 뜻하는 것이다. 술 이야기를 꺼낸 것은 그의 과하지도 모자라지도 않은 사람살이를 말하기 위해서다. 시와 삶의 방식에서 어떤 일관성을 가진다는 것은 일상의 팽팽함을 유지한다는 뜻이기도 하다. 어느 순간 혹은 어느 지점에서의 팽팽함을 뜻하는 긴장과 달리 삶 전체를 규율하는 윤리로서 그의 일상이 곧은 힘으로 안배되어 있다는 것을 그의 시를 통해 느낄 때 슬그머니 나를 돌아보게 된다. 그것은 곧은 힘의 힘줄이 시라는 명백한 사실 앞에 동업자로서 느끼는 자괴감 때문이다. 깊은 산속 마을 내면에는 어둠이 일찍 찾아올 것이며 이른 어둠을 빌려 시를 쓰는 한 사내가 있다. 오막 아궁이에 불을 넣고 부지깽이 끝에 붙은 불을 하염없이 바라보는 한 사내의 풍경은 오래도록 지워지지 않을 것이다.

허림 시인의 시적 공간은 홍천-내면-오막으로 이어진다. 얼핏 협소하게 지정된 공간으로 느껴질지 모르나 그에게는 시의 유목적 상상력이 잉태되는 곳이다. 시를 풀어놓고 방목하다가 낯선 짐승이 방문하면 돌을 던져 쫓으며 저물녘 시의 머릿수를 헤아리며 오막으로 돌아와 피 묻은 시의 신생을 받아내는 곳이 내면의 오막인 것이다.

내면이라는 곳은 내면일 뿐

광원이나 명지리 달둔 월둔 살둔 사월평 원당 일어서기 같은 이름들과
큰한이 작은한이 경천 문암 절에 가덕 같은 골짜기에도 바람은 불어오고

눈이 내렸다 하면 한 길씩 빠져

껍지나 텡가리처럼 터살이 하는 곳

살다보면 대추나무 연실 걸 듯
서로 사는 집들이며 얼굴이며 말씨며 말투도 닮고
입맛까지 닮아가는 풍경 그 너머

유목민처럼 몰려다니는 안개가 산기슭마다 고여
일렁이는 곳
아직도 권 대감의 전설이며 설화가
나무뿌리처럼 엉켜 있는

내안의 생태적 꿈
너머 거기

—「첩첩」 전문

강원도 사내의 시를 읽는 일이란 틉틉하면서도 쓸쓸한 기운을 느끼게 되는 것. 강원도 홍천군 내면 산골에서 화근내가 몸에 오른 사내가 한겨울 예리한 정신의 세계를 열어간다. "눈이 내렸다 하면 한 길씩 빠져" 드는 곳에서 그는 한 겨울 "터살이"를 하며 "너머 거기"를 꿈꾼다. "너머 거기"는 공간인 동시에 지향일 터인데 "내 안의 생태적 꿈"이 내재한 공간이다. 바로 내면이다. 내면은 공간으로서의 의미와 내면적 인지라고 하는 의미를 포함한 중의적 표현이다. 내면의 생태적 구성원들은 "서로 사는 집들이며 얼굴이며 말씨며 말투도 닮고 / 입맛까지 닮아가는" 사람들이며, "꺽지나 텡가리" 같은 존재들이다. 허림 시인의 "생태적 꿈"에 동행하는 존재들인 것이다. 그러한 의미에서 내면은 설화적 공간이며 동시에 현실의 공간이기도 하다. 시적 화자는 그 내면에서 내면의 시를 쓴다. 공간으로서의 내면은 백석이 추억한 어린 시절의 고향을 떠올리게 한다. 사람과 자연이 완벽한 조화를 이루어 그 무엇도 부족한 곳이 없는 공간이 내면이다. 허림의 시를 읽을 때마다 자족과 쓸쓸함 사이의 거리를 측정해 보곤 한다. 내가 잖은 그 거리는 늘 허방이었지만 어떤 충만함을 느끼곤 한다. 물질의 세계로는 설명할 수 없는 '없음으로서 있음'의 세계를 그에 시에서 느끼게 되는 것은 그가 긍정한 일상과 그것을 뛰어넘으려는 지난한 싸움의 결과물이라 할 수 있다.

내면 원당삼거리 옥봉식당 한구석에서 지네처럼 기어오는 저녁을 맞고 있습니다

가마솥에서 끓는 순댓국이 적당히 다려졌나 봅니다

방태산 자락 월둔 마가리에는

밤눈 밝은 짐승이 저녁거리를 찾아 어슬렁거리며 내려왔습니다

아내는 어린 것들을 품고 일찌감치 잠자리에 들었나 봅니다

오래전의 이야깁니다만 지금도 내면에선 일상입니다

—「월둔 마가리에서」 전문

내면 혹은 오막에서의 삶은 겉으로는 정적인 형상을 하고 있지만 기실 생명력이 넘치는 공간이기도 하다. 어둠이 내리면 아낙들은 아이들과 일찍 잠자리에 들고 사내들은 짐승처럼 어슬렁거리며 마가리에 모여 술추렴을 하는 모습에서 북방의 전통적인 싱싱함을 느끼게 된다. 산골 마을 일대의 삶이란 더러 단순하기 짝이 없기도 하지만 걸릴 것 없는 자족성과 함께 자존이 지켜지는 공간이다. 짐승 같은 사내들이 술을 마시고 큰 소리로 노래를 부르고 대자연의 서사와 맞서는 장면은 인간의 시원을 동경케 한다. 현대인의 삶이란 대체적으로 물질의 소유에 따라 계급성을 띠며 그

범주에 맞는 살이를 강요당하는 측면이 강하다. 반면 산골살이의 압권은 단연 누구를 가리지 않고 함께 먹는다는 것이다. 산골 마을에서의 음식이란 단지 끼니의 문제를 넘어서 공동체의 연대와 필연의 관계를 띠고 있다. "눈은 자주 내리고 마을의 안부처럼 동네 아낙들은 반장 집에 모여 맨두를 빚고 / 사내들은 언제 떡 메질해 수제비매운탕을 끓여먹자고 또 날을 잡는다"(「맨두추렴」 부분)는 표현에서 보듯 날이 춥거나 험할수록 음식을 통한 연대는 더 견고해지는 법이다. 지상의 모든 과제는 먹는 것으로 마감된다. "저녁을 먹었다 겨울 긴 하루가 갔다"(「만두」 부분)는 시구처럼 밥이 모든 시간 개념의 시작과 끝인 것이다.

마당가 한구석에 황댓불 피면 웅시래집 말무덤집 밭가운데집 상도도 기표 엄마도 신 서방네 손주도 반장도 이장도 모태 은박지에 고구마를 싸서 묻었다

뒷골 영섭이는 가마솥을 건 화덕에 장작을 밀어 넣고 막장을 풀고 시레기와 마늘 동파를 썰어 넣고 오소리감투며 염통 창지 허파 간 불알 콩팥을 푹 삶는다

간은 삶아진 대로 썰어 왕소금 찍어 한 절음씩

집어 먹고 장봉이 아재와 시훈이 아재 태영이 조카는 불알을 구어 막걸리에 거나해져 한 얘기를 하고 또 한다

실컷 먹고 볼 일. 저녁 늦게까지 먹고도 한 그럭씩 퍼 담아 집으로 가고 황댓불도 사그러지면 기름 냄새 맡은 고내이하고 개들이 먹다 흘린 고기절음이나 뼉다구를 놓고 으르렁댔다

어둡도록 모두가 다 배부르고 다 취했다

— 「송금지추」 전문

마당 한구석에 화톳불을 피워놓고 함께 먹기 위해서 모인 사람들을 호명한다. 어느 집으로 지칭되는가 하면 이름으로 또는 반장, 이장으로 불리는 구성원들은 상하도 귀천도 없다. 그저 한 자리 단단히 차지하고 함께 먹으면 그만인 사람들인 것이다. 값비싼 음식은 아니지만 누군가 내고 더러 추렴을 해서 누구나 와서 먹어도 좋은, 말 그대로 잔치를 벌인다. 김이 설설 오르는 가마솥에 막장을 풀고 파를 숭숭 썰어 넣어 끓인 돼지 내장은 원시적 생명력을 불러일으킨다. 이건 되고 저건 안 되는 시비와 분간이 필요 없는 공간에서 아재 혹은 조카로 호명되는 사람들은 말 그대로 식구

(食口)가 되는 것이다. 가깝게 살아온 사람들의 내력이라 서로 알 만큼 아는 처지이고 보면 "한 얘기를 하고 또" 해도 즐겁게 받아주는 것이다. "실컷 먹고 볼 일"이라는 구절이야말로 산골살이의 본질을 적나라하게 드러내 준다. 1인분 2인분과 같은 양의 기준이 아무 의미가 없는 곳이 그가 사는 내면의 살림살이이다. 먹고 남은 음식을 담아가고 고양이와 개들까지 먹고 난 다음에 마을의 잔치는 끝난다. "모두가 다 배부르고 취"하는 세상은 어쩌면 민간 신앙으로서 미륵의 세상인지도 모른다. 그것이 미륵의 세상인지 아니지도 분간할 필요가 없는 곳이 내면 오막의 삶인 것이다. 그렇게 "두루반에 둘러앉아 저녁을 먹"고 나면 "겨울 긴 하루가"(「만두」 부분) 가는 것이다.

허림 시인의 시의 다른 한 바탕은 슬픔을 기저로 한 음력의 상상력이다. 그 안에 고독과 연민과 엄마에 대한 기억이 번져 있다. 생의 주기를 달을 통해 기억한다는 것은 다분히 농경적이며 동시에 예민한 신체적 감각을 동반한다. 엄마가 "오늘이 음력 며칠이냐"(「달의 기억」 부분)고 물을 때 단순한 시간의 개념을 넘어 인간 서사의 기억으로 환치된다는 사실을 시적 화자는 너무도 잘 알고 있다. "달처럼 세상의 모든 날이 기억하는 / 엄마의 날들"(「달의 기억」 부분)은 음력을 통한 기억이 곧 한 인간을 포함한 가족의 생애와 연관되어 있으며, 나아가 좀 더 섬세한 기억의 세포들이 그물망처럼 짜여 있는 것이다. “그래 오늘이 음력 초닷새쯤 됐겠다 / 모래쯤 술밥을 쪄야겠구나”(「달의 기억」 부분)라는 엄마의 독백은 음력과 관련된 세시풍속의 의미를 내포하고 있지만 사실 그것은 확장된 상상력을 유발한다. 음력 어느 때는 무엇을 먹어야 하며 무엇을 먹어서는 안 되고, 가족 가운데 누구는 무엇을 즐겨 먹었고 무엇을 먹지 않았고, 액땜을 위해 어린아이에게 무엇을 먹이려고 애를 쓴 기억들 전체가 달을 기점으로 한 음력의 상상력에서 비롯되는 것이다. 엄마가 “그믐밤”(「엄마 냄새」 부분)과 같은 형상으로 그려지는 것도 같은 맥락에서 볼 수 있다. 그의 슬픔도 음력과 같아서 선명하면서 내밀하게 기억된다. 낮과 대비되는 밤은 허림 시인에게는 시간의 의미를 넘어 자아라는 존재에 대한 확인 혹은 규명의 열쇠로 작동한다. “밤이 와서 / 어두워지지 않는 밤이 와서 / 그대를 기다리는 나만 어두워지는 것”(「백야」 부분)이라는 고백은 슬프도록 아름답다. 어둠이라는 그의 속성은 그대를 만나지 못한 결과이지만 깊이 들여다보면 원인이기도 하다. 그대와의 만남은 먼 꿈에서나 가능한 일이다. “낮잠 속으로 든 나비 한 마리”(「백야」 부분)가 되었을 때 그대는 내게로 오는 것이다. 그 은밀한 어둠과의 동행이 달이었다는 사실에서 그의 슬픔의 빛깔을 엿볼 수 있다.

"내 고독을 숨겨둘 헛간을 주세요"(「고독을 꺼내다」 부분)라고 절규하면서 "달빛이 유난히 따스하던 곳"(「고독을 꺼내다」 부분)을 떠올리는 시적 화자의 모습에서 달을 향한 그의 지향을 볼 수 있다.

슬픔이 많아서 눈물 많다 했더니
슬픔도 재산이라 잘 거두라 한다

재산이 늘어 눈물 더 무거워지겠다 했더니
함부로 흘리지 말라 한다

나오려던 눈물
먼 산 어딘가에 감췄다

— 「산안개」 전문

허림 시인의 슬픔과 눈물은 갸륵한 자기 염결성을 포함하고 있다. 슬픔을 전면에 내세우지 않고 여백으로 놓아둔다는 점에서 투철한 자기 인식의 윤리성을 내포하고 있다. 그래서 그의 슬픔과 눈물은 쏟아지는 것이 아니라 수묵화처럼 배어나온다는 특성을 지닌다. "눈물 무게를 함부로 말하지 마라"(「눈물의 무게」 부분)고 스스로에게 다짐하는 것도 역설적으로 눈물의 힘을 믿기 때문이다. "개잡부로 불려다니며 / 고질병처럼 빼근한 손마디며 손목이며 팔꿈치며 / 어깨 무릎 절름거리는 생"(「눈물의 무게」 부분) 속에서 그를 시의 나라로 끌고 가고 고독의 광포함에 홀로 악다구니를 쓰며 여기까지 끌고 온 것이 눈물의 힘인 것이다. 눈물과 슬픔에 대한 자기 단련은 허허로움의 지경에 그의 시를 닿게 한다.

세상은 누구도 상수리나무꽃을 화병에 꽂지는 않아 꽃은 상상이 아니지 운다고 꽃이 피지는 않아 다음 생을 사람이냐 나무냐 선택하라면 도토리나무로 살아갔으면 좋겠어 다른 뜻은 없어

그냥
도토리나무로 살아보고 싶은 거야 그럴 때가 있잖아

—「슬픔이 다 사라지면 또 슬퍼진다」 부분

무엇이 슬픔인지 새로운 슬픔은 무엇인지 문면으로는 도저히 알 길이 없다. 누군가 위로하듯 건네는 저 말투 속에 살아가는 것에 대한 무한한 연민이 감추어져 있다. "운다고 꽃이 피지는 않"는다는 구절에서

운명론에 종속한 슬픔의 빛깔을 느낄 뿐이다. “그냥” 이라는 부사는 이 시의 핵심적 의미를 띠고 있다. 아무런 인과도 없다는 것은 욕망의 부재와 상통한다. “그럴 때가 있잖아”라고 조용조용 이야기할 때 그 이야기는 둥그런 무늬의 파장이 되어 한없이 번져나가게 된다. 이 마음의 물결이 그에게는 슬픔이고 슬픔 이후인 것이다. 이 시의 물음에 답해본다. ‘그럴 때가 있지. 그냥, 도토리나무로 살아보고 싶은’. 욕망의 삼투가 제거된 시의 자리가 어디인가를 생각해 본다. 고백하자면 그의 시가 너무 하얀 것은 아닌가 하는 걱정을 혼자 해보는 것이다.

허림 시인을 한 마디로 규정하자면 강원도의 시인이다. 정서가 그렇고 실제 삶이 그러하다. 그가 하는 말이 그렇고 쓰는 시가 그러하다. 강원도의 방언은 억양에 그 특별함이 있다. 어쩌면 강원도 방언으로 이루어진 시집이 많지 않은 이유도 여기에 있을 터이다. 시에 등장하는 다양한 지명은 강원도 방언의 한 특색을 보여준다. 가덕, 뒷버덩, 버덩말, 섬터, 달둔, 원둔, 살둔, 큰한이 작은한이 등 그곳 사람살이와 필연적 관련이 있을 지명을 보며 눈이 한 자씩 쌓인 강원도 산골을 생각해 보는 것이다. 그가 그곳 사람들을 얼마나 사랑하는지는 “내면은 궁벽하고 웅숭깊은 곳”(「지당 아래 오막으로 가는 길」 부분)이라는 시구 속에 잘 드러나 있다. 웅숭깊은 곳에 사는 사람들을 보면서 "이 조용한 마을과 이 마을의 의젓한 사람들"이라고 백석이 「국수」에서 쓴 시 구절을 다시 떠올리게 된다.

강원을 떠나 잠시 경기에 산 적 있다.
몇몇 애인들을 만나기도 했는데 한결같이 "강원이 고향이세요" 묻곤 했다.

경기에 그렇게 살았는데도 경기는 없고
강원이 내안에 있다니

그 옛날 강원은 눈이 자주 내렸고 어둠은 일찍 오고
그 여름 우기의 밤은 캄캄했고 집도 떠내려갔는데

강원은 뭐길래
몸속에
말속에
광솔처럼 깊은 것이냐

— 「강원」 전문

어쩌면 이 시에서 스스로에게 던진 물음은 고향이 어디냐 하는 것과는 달리 보다 근원적인 데 그 끈이 닿아 있다. 그것은 그의 정서적, 정신적 본적 더 자세히 말하면 시의 원적이 어디냐는 물음에 가닿아 있기 때문이다. "몇몇 애인들"에게 강원도 산골은 호기심 가득한 신비한 나라이거나 농투성이의 가난하면서도 평화로운 공간을 의미하는 것인지도 모른다. 대개 애인들이 생각하는 강원이란 삶의 공간으로서 그것이 아니라 상상의 공간일 가능성이 농후하다. "강원이 고향이세요"라는 애인들의 한결같은 물음은 그에게 왜라는 물음을 가지게 한다. 왜 몸과 마음에 강원이라는 화인이 주홍글씨처럼 새겨진 것일까 하는 물음은 근원적인 정체성에 대한 물음과 동일한 것이다. 강원은 눈과 어둠에 일찍 사라져 버리는 먼 나라였으며, 한때의 집도 이미 장마에 떠나가 버렸고 자신도 이방의 나라로 그토록 떠돌았건만 왜 자신에게 강원의 표식은 역력히 남아 있는가 하는 물음은 쓸쓸한 자의식으로 가득 차 있다. "몸"과 "마음"은 말 그대로 존재 전체를 일컫는 말이다. 그라는 존재에 소나무 송진처럼 떼려야 뗄 수 없는 흔적으로 강원이 음각되어 있는 것이다. 강원이라고 새겨진 음각은 그도 알지 못하는 사이에 새겨진 것이지만 강력한 힘을 가지고 있어 그가 어딘가에 몸을 대거나 마음을 두면 영락없이 낙관처럼 강원이 새겨지고 마는 것이다. 그것은 좋고 싫음과 같은 선택의 문제가 아닌 까닭에 숙명의 성격을 띠고 있다. 내림으로 강원을 받들고 시라는 굿잽이가 되어 이 산 저 산 이 바다 저 바다를 떠돌며 강원을 노래하는 시인이 허림이다.

지난여름 홍천 산골에서 몇몇이 모여 밤늦게까지 술을 마신 적이 있다. 그의 말은 느렸으며 누군가를 배려하는 듯한 어투를 지니고 있었다. 그가 살고 있는 곳에 대한 살뜰한 애정과 설화와 옛이야기들을 조곤조곤히 들려주었다. 아마 별이 쏟아지는 밤이었을 것이다. 왜 한 사람의 사랑이 이토록 일방적인가, 그러고도 그는 왜 쓸쓸해 보이는가 하는 물음도 가졌던 것 같다. 그의 말을 들으며 별은 슬픔을 매단 등인가 하는 생각도 했다. 그때도 그는 술을 별로 마시지 않았고 나는 술에 취했던 밤이었을 것이다. 시를 향한 그리고 강원을 향한 그의 갸륵한 지향에 삼가 손을 모으게 된다. 가다가 문득 돌아보아도 그곳은 강원일 것이다. 그토록 강원은 넓고 깊은 대륙과 해안으로 이루어진 곳이다. 내면 어느 광 속에 걸린 마른 북어는 아직도 할 말이 남아 입을 다물지 못하고 있을 것이다. 말을 내기 위해 벌린 입으로 죽음에 맞서고 있는 북어에서 시인의 한 초상을 읽을 수 있었다. 쓸쓸하지만 투철한 이 한 편의 시를 마지막에 걸어두는 것으로 객담을 마친다.

오래 묵으면 묵을수록 단단해지는 생이 있다

오래 묵을수록 장작개비처럼 썩지 않는 말이 있다

광 바람벽에 걸어둔 북어

할 말 많아 아직도 입 다물지 못하는

당신, 그 속에 걸어둔 말들

말도 쌓이면 돌처럼 단단해지는 것인데

얹힌 듯 답답하다는 말이 그럴 것이고

죽이라느니 지긋지긋하다느니

광 바람벽에 걸어둔 북어를

퍽퍽 두들겨 팼다

날은 자주 흐렸지만 눈은 오지 않는 선달 겨울이
었다

— 「북어」 전문

엄마 냄새

1판 1쇄 인쇄	2019년 5월 20일
1판 1쇄 발행	2019년 5월 30일
지은이	허림
발행인	윤미소
발행처	(주)달아실출판사
책임편집	박제영
디자인	안수연
마케팅	배상휘
주소	강원도 춘천시 춘천로 17번길 37, 1층
전화	033-241-7661
팩스	033-241-7662
이메일	dalasilmoongo@naver.com
출판등록	2016년 12월 30일 제494호

ISBN 979-11-88710-38-6 03810

* 이 도서의 국립중앙도서관 출판예정도서목록(CIP)은 서지정보유통지원시스템 홈페이지(http://seoji.nl.go.kr)와 국가자료공동목록시스템(http://www.nl.go.kr/kolisnet)에서 이용하실 수 있습니다.(CIP제어번호 : CIP2019017510)
* 잘못된 책은 구입한 곳에서 바꿔드립니다.
* 책값은 뒤표지에 표시되어 있습니다.

이 책은 홍천문화재단 지원금으로 제작되었습니다.